LEGO® CITY
¡A REPARAR ESE CAMIÓN!

Escrito por Michael Anthony Steele
Ilustrado por Dynamo Limited

SCHOLASTIC INC.

Originally published in English as *Fix that Truck!*
Translated by Madelca Domínguez

ISBN 978-0-545-49193-8

12 11 10 9 8 7 6 5   14 15 16 17 18/0

Printed in the U.S.A.   40
First Scholastic Spanish printing, January 2013

—Hoy será un día superespecial —dijo Eric—. Finalmente soy lo suficientemente grande para ayudarte a ti y a papá en el garaje de la Ciudad de Lego®.

—Va a ser divertido —dijo su hermana Amy—. Recuerdo la primera vez que vine a trabajar con papá.

—Amy te dirá lo que debes hacer. He perdido mi mejor llave inglesa, y si no la encuentro, no podré reparar ese camión antes de que regrese el dueño a buscarlo —dijo el papá de los niños.

—No te preocupes, papá —dijo Eric—. ¡Ya soy lo suficientemente grande para ayudarte en muchas cosas!

5

Primero, Amy le enseñó a Eric cómo quitar una goma.

—Mira, Amy —dijo Eric—. ¡Soy lo suficientemente grande para hacerlo yo solo!

Eric quitó la goma, pero perdió el equilibrio.

Eric y la goma salieron disparados hacia un montón de gomas.
—¡Ay! —dijo Eric.

Las gomas rebotaron en todas las direcciones.

—¡Cuidado! —gritó un mecánico.

—¡No! —gritó Eric mientras daba bandazos por todo el garaje.

—Ese chico no puede parar de rodar —gritó Steve.

Eric se pasó la mano por la cabeza.

—Creo que no soy lo suficientemente grande para quitar una goma.

—No te preocupes —dijo Amy—. La primera vez que lo intenté, la goma salió rodando por la puerta del garaje. Puedes hacer otra cosa.

—Este limpiaparabrisas está atascado —dijo Amy—. Mira como lo reparo.

—Yo puedo hacer más que mirar —dijo Eric—. Ya soy lo suficientemente grande para arreglarlo.

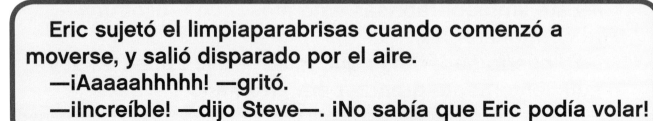

Eric sujetó el limpiaparabrisas cuando comenzó a moverse, y salió disparado por el aire.

—¡Aaaaahhhhh! —gritó.

—¡Increíble! —dijo Steve—. ¡No sabía que Eric podía volar!

Eric se sentía mareado. Su hermana lo ayudó a levantarse.

—Creo que no soy lo suficientemente grande después de todo —dijo Eric.

—No te preocupes —dijo Amy—. Probemos con algo más fácil.

—¿Ya encontraste la llave inglesa, papá? —le preguntó Amy a su papá.

—No. Si no la encuentro pronto, no podré reparar ese camión a tiempo —dijo su papá.

—Amy y yo estaremos atentos en caso de que la veamos —dijo Eric.

—¡Motos! —dijo Eric emocionado—. ¿Podríamos trabajar en ellas?

—¡Claro! —dijo Amy—. ¡Creo que es una excelente idea!

—Ponerle aire a las gomas es fácil —dijo Amy—. ¿Por qué no buscas la manguera del aire que está allí?

—Casi la tengo —dijo Eric halando la punta de la manguera—. Está atascada.

—Ten cuidado —dijo Amy.

—¡No! —gritó Eric al tumbar varias latas de aceite, que cayeron al piso regando aceite por todas partes—. ¡No puede ser! Creo que tampoco soy lo suficientemente grande para esto.

—Tengo una idea —dijo Amy—. ¿Por qué no trabajamos afuera del garaje por un rato?
—Está bien —dijo Eric.

—Ese camión de basura necesita que lo frieguen antes de que vengan a buscarlo —explicó Amy—. ¿Crees que eres lo suficientemente grande para hacerlo?

Pero resultó que Eric tampoco era lo suficientemente grande para eso.

—¡Aaaayyyyyy! —gritó.

La presión del agua de la manguera lo lanzó al aire. El agua mojó a todos los que estaban cerca.

Amy ayudó a secar a Eric con una toalla. Después los hermanos ayudaron a los otros mecánicos a recoger el agua.

—Tal parece que no soy bueno para nada —dijo Eric.

—Lo estás haciendo bien —le dijo su hermana—. Mi primer día fue peor, mucho peor.

CHAS

—Pensé que Eric era lo suficientemente grande para hacer todas esas cosas —le dijo Amy a su papá—. Pero creo que aún le falta crecer un poco más. Al menos es grande para ayudar a limpiar.

—No me preocupa tanto lo que haga Eric como el hecho de que no encuentre mi llave inglesa —dijo su papá—. Sin ella, no podré reparar ese camión.

Eric vio algo brillante debajo de una mesa de trabajo. Dejó a un lado el trapeador y se arrodilló. Era lo suficientemente pequeño para meterse debajo de la mesa y alcanzar el objeto.

¡Era la llave inglesa de su papá!

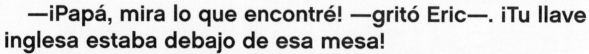

—¡Papá, mira lo que encontré! —gritó Eric—. ¡Tu llave inglesa estaba debajo de esa mesa!

—Así se hace, hijo —gritó su papá—. Sin esta llave inglesa, no podía hacer mi trabajo. Ahora, finalmente, ¡podré reparar ese camión!